DISNEY
CUENTOS CLÁSICOS I

**GRUPO
EDITORIAL
norma**

Bogotá, Barcelona, Buenos Aires, Caracas, Guatemala, Lima, México, Miami,
Panamá, Quito, San José, San Juan, San Salvador, Santiago de Chile, Santo Domingo

© 2003 Disney Enterprises, Inc.

Edición de Carolina Barrera Botero
Traducción Ricardo Baquero Vergara
Diseño de cubierta y diagramación de Alexandra Romero Cortina

Versión en español por Editorial Norma, S.A. A.A. 53550, Bogotá, Colombia.
Todos los derechos reservados para Argentina, Bolivia, Chile, Colombia, Costa Rica, El Salvador, Ecuador,
Guatemala, México, Panamá, Paraguay, Perú, Puerto Rico, República Dominicana, Uruguay y Venezuela.
Printed in Colombia. Impreso en Colombia por Printer Colombiana S.A.
Agosto del 2003. ISBN 958-04-7551-2

3/12/10

CONTENIDO

El Regreso de Jafar

Iago al rescate

Todo iba bien en Agrabá. El malvado genio, Jafar, había sido derrotado y estaba encerrado en su lámpara. Aladdín tenía un nuevo hogar en el palacio con la princesa Jasmín y el Sultán.

Y Genio había regresado de su viaje alrededor del mundo.

—¡Tengo regalos para todos! —exclamó Genio.

Y, para completar, el Sultán había hecho de Aladdín su Visir Real; es decir, su consejero de mayor confianza. Imagínense la sorpresa del Sultán con el primer consejo de Aladdín: permitir al viejo compañero de Jafar, Iago, el loro, quedarse en el palacio.

Ahora que Iago no se encontraba bajo el embrujo de Jafar, Aladdín creía que era de confianza.

El Sultán estaba escéptico, pero aceptó, siempre y cuando Aladdín se mantuviera pendiente de Iago.

Mientras tanto, en el desierto, un ladrón llamado Abis Mal encontró la lámpara de Jafar y la frotó. ¡Jafar había vuelto!

—¡Me ayudarás a vengarme de una cierta rata callejera llamada Aladdín! —ordenó Jafar a Abis Mal.

Las Reglas de Genio, impedían a Jafar hacerle daño a Aladdín con sus propias manos. Prometió entonces a Abis Mal una gran recompensa a cambio de su ayuda. Después Jafar buscó a Iago.

—Estoy preparando una pequeña sorpresa para Aladdín, y tu trabajo es llevarlo a la fiesta —le dijo Jafar a Iago.

Iago trató de resistirse. Después de todo, él y Aladdín se estaban haciendo amigos. Pero Jafar era ahora más poderoso que nunca.

Iago no tenía opción. Fue donde estaba Aladdín y le sugirió que llevara al Sultán de paseo en su alfombra mágica.

—Y yo... yo te puedo llevar a un lugar con una vista perfecta —añadió Iago.

Aladdín aceptó.

No tenía idea de que Jafar estaba allí, invisible, controlando a Iago y llevándolo a él hacia una trampa.

Jafar supervisaba cada uno de los movimientos de Aladdín.

Y así, se fueron volando Aladdín, el Sultán e Iago en la alfombra mágica.

El Sultán estaba disfrutando del mejor paseo de su vida.

—¡Vamos muchacho! ¡Muéstrame lo que esta cosa realmente puede hacer! —le dijo el Sultán a Aladdín.

Tan sólo Iago sabía del peligro que les esperaba en su destino final.

En el Palacio, Jafar se aseguraba de que
Genio y Abú no se interpusieran.

—No puedo permitir que haya genios

merodeando

por ahí,

arruinando mis

planes —dijo

Jafar con

maldad.

Encerró a

Genio en una

bola de cristal

y encadenó a

Abú.

Luego, Jafar se transformó en una armada de pequeños jinetes enmascarados que cabalgaban sobre corceles con alas. Juntos, los jinetes y Abis Mal volaron hacia donde se encontraba Aladdín, y secuestraron al Sultán mientras él, Iago y Aladdín admiraban una cascada gigante.

Aladdín trató de rescatar al Sultán, pero la magia de Jafar era demasiado poderosa.

Aladdín cayó al agua y fue arrastrado por la furiosa corriente del río. Luego, justo antes de que se golpeara contra unas rocas, Jafar hizo un truco de su magia y... ¡salvó la vida de Aladdín!

—Todavía no es el momento del final del muchacho —le dijo Jafar a su amigo Abis Mal.

Mientras Aladdín regresaba a casa

caminando, Jafar voló hacia el palacio para

proseguir con su malvado plan. En un

calabozo

del palacio,

encerró al

Sultán, a

Jasmín, a

Genio, a

Abú y a la

alfombra mágica. Luego, disfrazado de

Jasmín, dijo a los guardias del palacio que el

Sultán había muerto, y que Aladdín era el

culpable del crimen.

Por fin, Aladdín llegó al palacio, exhausto y preocupado por el Sultán. Los guardias lo arrestaron de inmediato. Al amanecer, ejecutarían a Aladdín por el asesinato del Sultán.

Mientras tanto, en el calabozo, Iago intentaba levantar la bola de cristal en la cual estaba encerrado Genio. Iago quería que Aladdín confiara en él nuevamente. Si tan sólo pudiera levantar el cristal lo suficiente...

—*¡Crash!*

Iago dejó caer la bola, quebrándola.

En ese momento, Genio voló por la ventana y rescató a Aladdín antes de su ejecución.

Genio también liberó al Sultán, a Jasmín y a los otros. Ahora sólo debían detener a Jafar.

—Si ustedes destruyen la lámpara de Jafar, ustedes destruyen a Jafar —aconsejó Genio.

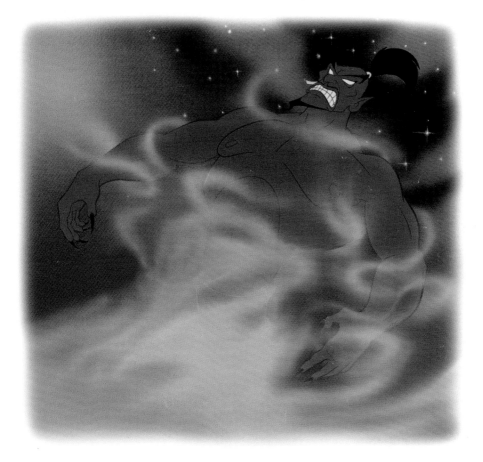

Aladdín y Jasmín fueron a buscar la
lámpara. Pero Jafar les seguía la pista. Y
cuando Jafar adquiría su forma más
poderosa, la del genio malvado, era una
fuerza demasiado grande.

En medio de su furia, Jafar abrió

enormes agujeros en la tierra. Pronto, los

pisos del palacio se convirtieron en una

burbujeante piscina de lava hirviendo.

Aladdín saltó sobre la alfombra mágica y con dificultad, pudo perseguir a la lámpara. Pero el poderoso Jafar logró mantenerla fuera del alcance de Aladdín.

Luego, justo cuando parecía que Jafar había vencido, Iago voló hacia la lámpara, la agarró y se apoderó de ella.

—¡Traidor! —exclamó Jafar, golpeando a Iago con una bola de fuego.

El loro y la lámpara cayeron en una roca. Agotando sus últimas fuerzas, Iago empujó la lámpara a la lava.

—¡Nooooo! —gritó Jafar mientras su imagen daba vueltas cada vez más rápido, y su lámpara se derretía dentro de la lava.

Jafar desapareció para siempre.

Ya era oficial: Iago se había ganado definitivamente la confianza de Aladdín.

Y así, el loro vivió por siempre feliz, en medio del lujo del palacio, como el "amigo del palacio" de Aladdín.

EL RASTRO DEL INVIERNO

Bambi estaba en la cueva. El ambiente era cálido y acogedor. De pronto, se oyeron unos pesados golpes provenientes del exterior. Bambi bostezó y se dirigió somnoliento hacia la fría nieve.

—¡Vamos, Bambi! —dijo Tambor—. Es un día perfecto para jugar.

Bambi se desperezó y siguió a su amigo.

¡Era un hermoso día!

El cielo estaba azul y soleado, pero el bosque todavía estaba cubierto por una manta de nieve y de hielo.

— ¡Mira estas huellas! —exclamó Tambor—. ¿A quién pertenecerán?

Como Bambi no supo qué responder, decidieron seguir el rastro. Los amigos caminaron y saltaron entre la nieve.

No habían recorrido mucho camino cuando hallaron a su primer sospechoso posado en la rama de un árbol.

— ¡Despierta, Amigo Búho! —gritó Tambor.

El Amigo Búho miró fijamente a los jóvenes animales. ¡Acababa de conciliar el sueño!

—¡Callen este griterío! —exclamó.

Bambi y Tambor rieron algo nerviosos.

El Búho se ponía de muy mal humor cuando le interrumpían el sueño.

Los dos amigos decidieron que las huellas debían pertenecer a alguien más, así que continuaron su camino. Muy pronto, se reunieron con Falina.

Ella también quería jugar.

—Ayúdanos a descubrir quién hizo estas huellas —dijo Bambi.

Tambor intentó despertar a Flor, pero ya estaba hibernando.

—Nos vemos la próxima primavera —les dijo con los ojos cerrados.

Los amigos siguieron su camino y se toparon con un pájaro de alegre canto.

—¡Miren! Un Cardenal Rojo —dijo Falina—. ¡Estas huellas pueden ser suyas!

El pequeño pájaro gorjeó. Esas no eran sus huellas.

Un martilleo los condujo hasta donde se encontraban unos pájaros carpinteros. Estaban buscando alimento.

—No hicimos esas huellas —dijeron los ruidosos pájaros—. No tenemos tiempo de ponernos a caminar allá abajo.

—Bien. Si estas huellas no pertenecen a los pájaros carpinteros, ni al Cardenal, ni al Amigo Búho, ¿de quién pueden ser? —preguntó Bambi.

Los tres amigos siguieron el rastro de las huellas hasta el final.

—¡Una familia de codornices! —exclamó Tambor.

La madre codorniz y sus nueve bebés miraban a sus visitantes.

—¡Únanse a nosotros! —dijo la señora Quail.

Bambi, Falina y Tambor estuvieron tentados de refugiarse con los amistosos pájaros.

¡Pero el Gran Príncipe del Bosque apareció repentinamente! Y les recordó que el sol estaba cayendo.

—Vuelvan a sus casas si no quieren que sus madres se preocupen por ustedes —les advirtió y desapareció entre las sombras de los grandes árboles.

—¡Miren! —gritó Bambi alegremente al ver que todas las madres se acercaban.

Bambi corrió bajo las patas de su madre.
El pequeño ciervo estiró su nariz para darle
un beso a su mamá.

—Los hemos estado buscando —dijo la

madre de Bambi amablemente.

Tambor se sorprendió.

—¿Cómo nos encontraron? —preguntó.

La Señora Conejo señaló sus huellas en la nieve. Riendo, los animales siguieron el rastro de las huellas hasta su casa.

EL CÍRCULO SE HA COMPLETADO

Simba caminaba nervioso hacia adelante y hacia atrás. Estaba muy preocupado por su hija Kiara. Hoy era su primer día de caza y tendría que enfrentarse a muchos peligros. Cuando Kiara salió de la cueva, Nala la acarició con orgullo. Incluso Timón y Pumba gritaron de alegría.

—Ahora, padre, no interfieras —advirtió

Kiara—. Prométeme que vas a dejar que

haga esto yo sola.

Simba lo prometió de mala gana. Pero

cuando Kiara se fue, envió a Timón y a

Pumba para que la vigilaran en secreto.

Seguramente la estarían observando, esperando una oportunidad para que Scar pudiera vengarse. ¡Nadie se metería con su hija!

En los llanos, Kiara estaba frustrada. Parecía que los animales la oyeran venir. ¿Cómo lograría probar que era independiente si esta caza no funcionaba? Resuelta, comenzó a perseguir a una manada de antílopes a través de la colina.

Pumba y Timón intentaron salir del camino pero Kiara los alcanzó a ver. ¡Estaba furiosa!

—¡Mi padre los envió! ¿No es cierto? —gritó Kiara.

Al sentirse traicionada, la leona se alejó corriendo.

Simba tenía sus motivos para estar preocupado: Zira, la leona líder de los Forasteros, preparaba una trampa para Kiara. Encendió fuego a su alrededor. La leona se derrumbó sobre la hierba, agotada.

En ese instante, un león apareció. Cargó
a la Princesa en su espalda y la alejó de las
llamas.

Cuando Kiara abrió sus ojos, se encontró
sola con un león desconocido. Aunque a
Kiara le parecía familiar.

—¿Kovu? —preguntó.

¡Era él! Cuando eran cachorros se habían divertido mucho juntos hasta que sus padres los separaron.

A los habitantes de las Tierras del Reino no les era permitido jugar con los que vivían en las Tierras de las Sombras. Pero ahora Kovu había salvado su vida. Debía permitírsele volver a la Roca del Rey.

El problema era que Simba todavía no confiaba en el hijo de Zira. Por ahora, Kovu tendría que dormir fuera de la cueva.

Desde la distancia, Zira estaba orgullosa. Ella le había enseñado a su hijo a odiar.

Tan pronto como estuviera solo con Simba, Kovu mataría a su enemigo.

Sin embargo, Kiara, sin saberlo, interfirió en el malvado plan. Emocionada por pasar tiempo con su amigo de la infancia, persuadió a Kovu para que le diera lecciones de caza.

—¿Me oíste venir? —le preguntó Kiara a Kovu después de que él evadiera su ataque.

—Sólo un poco —le contestó.

Intentando demostrarle cómo se hacía, él saltó encima de una colina y sorprendió a Timón y Pumba.

El par de tontos intentaban alejar a unos pájaros.

—Se están comiendo los mejores insectos —protestó Pumba—. ¿Ustedes podrían dar un rugido para espantarlos?

Con un rugido, Kiara espantó a los pájaros.

Kovu la siguió pero estaba un poco confundido.

—¿Por qué estamos haciendo esto? —preguntó.

Kiara rió.

—¡Para divertirnos! —respondió.

Kovu nunca había hecho algo por pura diversión. Corrió rápidamente y rugió con Kiara. Se sentía muy bien.

De pronto, una manada de rinocerontes se precipitó contra ellos. Kovu y Kiara se escondieron en una pequeña cueva, riendo divertidos.

¡Kovu nunca había tenido un momento tan especial como ese en su vida!

Esa tarde, se recostaron sobre la hierba para mirar las estrellas.

Kovu se sentía muy cercano a Kiara, pero no olvidaba la lealtad a su madre. ¿Qué debía hacer?

El viejo Rafiki, el mandril, tenía la respuesta.

Condujo a los leones a un lugar

romántico, en donde les mostró qué había en

el interior de sus corazones ¡Kovu y Kiara

estaban enamorados!

Simba reconoció que Kovu había cambiado. Esa noche lo dejó dormir en la cueva.

—Quiero hablar contigo —le dijo Simba a Kovu al día siguiente.

Mientras caminaban, el Rey León le contó a Kovu la verdad sobre Scar.

¡Kovu no podría creer lo que oía! Convencido de querer seguir por el buen camino, Kovu miró con admiración a Simba.

De pronto, aparecieron Zira y sus seguidores.

—¡No! —gritó Kovu.

Kovu se golpeó y cayó al suelo inconsciente.

Las leonas, mientras tanto, persiguieron a Simba.

Desesperadamente, Simba subió por una roca poco firme y logró escapar.

Los animales de las Tierras del Reino culparon a Kovu de lo sucedido y lo expulsaron de sus tierras.

El joven león intentó explicar lo que realmente había pasado, pero sólo Kiara le creyó. En secreto, lo siguió.

¡Kovu no podía creer que lo amara tanto! Abrazados tiernamente, se reflejaron en el agua.

Sus reflejos se combinaron en uno solo.

—Tenemos que regresar —dijo Kiara suavemente—. Tenemos que detener la lucha.

Kovu estuvo de acuerdo. Regresaron para detener la batalla antes de que comenzara.

—¡Deténganse! —gritó Kiara—. ¿Es que acaso no se han dado cuenta de que todos formamos parte del mismo lugar y que las Tierras del Reino son una sola? Debemos estar juntos, no separados.

Simba miraba a Kovu y a su hija. Podía ver el amor de los jóvenes. Los seguidores de Zira eligieron la paz en lugar de la lucha. ¡Pero Zira no se rendiría! En su lucha, cayó al caudaloso río.

Con ella, el odio se fue lejos y una nueva

paz llegó a la Roca del Rey. Nala y Simba

les dieron la bienvenida a las nuevas leonas

y todos estuvieron muy felices cuando

Rafiki bendijo la unión de Kiara y de Kovu.

UNO DE LA JAURÍA

¡Reglas, reglas, reglas! Scamp simplemente odiaba las reglas. Los otros cachorros de Reina y de Golfo eran buenos y obedientes. En cambio a Scamp le gustaba jugar. Y a veces, cuando estaba jugando, a Scamp se le olvidaban las reglas. Entraba a casa con barro en sus patas y mordisqueaba los sombreros de Jaime.

Por eso, una noche Jaime decidió enviar

a Scamp a dormir afuera, encadenado a la

casa de perros. Golfo trataba de explicarle a

su hijo que para ser parte de una familia

debía obedecer ciertas reglas. A lo que

Scamp respondía:

—Pero yo quiero vivir una vida salvaje

y libre, ¡como la de un perro de verdad!

Más tarde, Scamp oyó a unos perros aullando del otro lado de la cerca. Se asomó por la puerta y vio a un grupo de perros callejeros jugándole una mala pasada a un perrero. ¡Eran tan audaces! Scamp quería unírseles, pero su cadena se lo impedía. Los perros finalmente se fueron.

Luego, mientras Scamp soñaba con una vida sin cadenas y cercas que lo retuvieran, sucedió lo que quería. Tiró muy fuerte, y su collar se soltó de la cadena. ¡Scamp era libre!

—¡Ey muchachos! —les gritó a los perros callejeros—. ¡Espérenme!

Scamp corrió entonces por las calles oscuras buscando a los perros callejeros. En un oscuro callejón, se topó con una de ellos: Ángela.

—Escucha amigo, la calle no es tu lugar —le dijo Ángela.

Pero Scamp no quiso escucharla. Y así siguió a Ángela hasta el basurero, el sitio de encuentro de los perros. Allí, conoció a Mechas, el rudo y tosco líder de la Pandilla del Basurero. Mechas estuvo de acuerdo con que Scamp se uniera al grupo, siempre y cuando pasara una prueba de valor.

No sería nada fácil. Debía recuperar

una lata debajo de las patas de un perro que

estaba dormido, un perro malvado y con mal

genio llamado Reggie. Scamp logró sacar la

lata de las patas de Reggie, pero cuando

estaba escapando sigilosamente, se enredó

con un bote de basura. ¡Reggie se despertó

gruñendo!

Un segundo después, Reggie estaba persiguiendo a Scamp. En medio de la persecución, Ángela quedó accidentalmente involucrada. Tratando de escapar, volteó por una esquina en donde se encontró de frente con el camión de la perrera. Inmediatamente la atraparon con una red.

¡Scamp tenía que salvarla! Por eso, saltó y mordió con fuerza la manija que sostenía a la red. El camión arrancó y en ese momento, Reggie, que seguía a la caza de Scamp, apareció en la calle y...

—¡*Crash!*

El camión lo arrolló y lo envió contra una frutería.

Así, Ángela y Scamp pudieron escapar.
El único que terminó en la perrera fue
Reggie.

¡Scamp tenía la lata y había salvado a
Ángela! Pero eso no era una prueba
suficiente para Mechas. Scamp debía
afrontar otra prueba.

Scamp y Ángela se fueron a dar un
paseo por la ciudad.

Persiguieron luciérnagas y
compartieron un plato de spagueti frente al
restaurante de Tony.

Se trataba de un verdadero caso de
amor entre cachorros.

Más tarde, mientras perseguían una ardilla, Scamp y Ángela fueron a dar a la calle en donde vivían Jaime y Linda.

Jaime estaba afuera con Golfo y con Reina, buscando a Scamp. Scamp y Ángela se escondieron mientras pasaban.

—Vamos, Golfo —dijo Jaime—. Mañana encontraremos a Scamp.

Los tres se fueron a casa.

—¿Golfo es tu padre? —le preguntó Ángela a Scamp.

Ángela le contó que Golfo era una leyenda entre los perros callejeros.

Pero Scamp se negaba a creerlo. ¿Acaso su padre había sido alguna vez un perro callejero?

Ángela y Scamp entraron a la casa y espiaron por la ventana. Scamp estaba sorprendido por lo triste que se veía su familia. Jamás se imaginó que les haría tanta falta.

—¡No puedo creer que te hayas escapado de un hogar así! —le dijo Ángela.

Ella quería desesperadamente tener una familia. Pero Scamp todavía quería ser salvaje y libre. Sólo le faltaba una prueba para ser un Perro del Basurero.

La prueba fue al otro día, durante el

picnic del Día de la Independencia. Jaime y

Linda estaban con la Tía Sara, con Reina,

con Golfo y con los otros cachorros. Mechas

retó a Scamp. ¡Debía robar un poco de

pollo del picnic de su propia familia!

Aunque no quería hacerlo, Scamp se robó el

pollo.

Golfo persiguió a Scamp y trató de convencerlo de volver a casa. Pero Scamp insistía en que no quería. Golfo estaba destrozado, pero le dijo:

—Cuando te aburras de la vida callejera, nuestra puerta siempre estará abierta para ti.

Como Scamp había aprobado la prueba final, Mechas le quitó su collar.

Ahora era un Perro del Basurero de verdad, salvaje y libre.

Pero su libertad no duró mucho tiempo. ¡Esa misma noche Mechas lo traicionó! Le tendió una trampa para que se lo llevaran a la perrera.

—¡Vaya, vaya! Sin collar —dijo el empleado.

Scamp iba directo a la perrera.

Scamp estaba solo y tenía frío y miedo. Se dio cuenta de que le había dado la espalda a su familia,

cambiándolos por un rufián como Mechas.

—Quisiera estar en casa —se decía a sí mismo.

Afortunadamente, Ángela lo había visto en el camión cuando lo atraparon. Corrió a la casa de Jaime y Linda y se encontró con Golfo y le dijo:

—Apúrate, ¡Scamp está en problemas!

Mientras tanto, en la perrera, Scamp debía compartir la jaula nada menos que con... ¡Reggie!

Justo en el momento en que Reggie había agarrado a Scamp, Golfo entró en la jaula. Aplicó un par de sus viejas movidas callejeras y rescató a Scamp de Reggie y de la perrera.

—Lo siento tanto —le dijo Scamp a su  padre—. Jamás debí haber huido.

Golfo llevó a Ángela y a Scamp a casa.

La familia estaba muy contenta de ver a

Scamp y a su nueva amiga.

—¡Oh! Es un pequeño ángel —exclamó

Linda.

Nuevamente, eran una gran familia

feliz, con un muy feliz nuevo miembro.

Scamp seguía odiando los baños pero estaba

muy contento de estar de nuevo en casa.